A. Wislizenus

Gedichte von A. Wislizenus

A. Wislizenus

Gedichte von A. Wislizenus

ISBN/EAN: 9783743355484

Hergestellt in Europa, USA, Kanada, Australien, Japan

Cover: Foto ©Andreas Hilbeck / pixelio.de

Manufactured and distributed by brebook publishing software (www.brebook.com)

A. Wislizenus

Gedichte von A. Wislizenus

Gedichte

von

Dr. A. Wislizenus.

Seinen Freunden zum Andenken
von seiner Familie.

St. Louis, Mo.

1890.

A. WIEBUSCH & SON PRTG. CO., ST. LOUIS, MO.

Einleitung.

Wenn ein ebler Mann stirbt, ist es ein natürlicher Wunsch seiner Familie, Andenken in einer Form oder der anderen an Solche auszutheilen, die dem Verstorbenen nahe standen. Als solches Andenken wünschen wir, die Freunde des verstorbenen Dr. A. Wislizenus, diese Auswahl von ihm verfaßter Gedichte zu betrachten. Für Solche, die Dr. Wislizenus kannten, mögen sie Interesse haben, insofern als sie den Idealismus offenbaren, welcher sein ganzes Leben beseelte, wiewohl er selten darüber reden mochte. Diese Gedichte decken eine Periode vom Jünglings- bis zum Greisenalter. Doch geht ein Grundzug durch das Ganze. Die Begeisterung für Freiheit, die Achtung für Menschenrechte, welche den jungen Mann anfeuerten, waren im Alter nicht gedämpft. Ein tief religiöses Gefühl im weiteren Sinne des Begriffs, das in späteren Jahren poetischen Ausdruck fand, war zeitlebens ein Bestandtheil seines Wesens.

Es ist kaum nöthig dem Text spezielle Erklärungen beizufügen. Das Politische wird jeder deutsche Leser verstehen. Für Solche, die Dr. Wislizenus' Lebenslauf nicht genau kannten, fügen wir mit Genehmigung von Gouv. Körner, der einer seiner Jugendfreunde war, folgenden Auszug aus seinem Buche „Das deutsche Element in den Vereinigten Staaten" bei.

„Dr. Adolph Wislizenus war 1810 in Königsee, Schwarzburg-Rudolstadt, als der Sohn eines protestantischen Predigers geboren. Nach vollendeten Vorstudien im Gymnasium zu Rudolstadt bezog er 1828 die Universität Jena. Ein heiterer, lebenslustiger Student, war er allgemein beliebt, und wenige nur konnten vermuthen, daß er schon von vornherein seine Wissenschaft sehr ernst nahm und tüchtige Studien machte. Gleich seinen zahlreichen Verwandten war er von den Gefühlen für Freiheit und Vaterland durchglüht. Er gehörte selbstverständlich zur Burschenschaft. Seine Studien setzte er später zu Göttingen und Würzburg fort, welch letztere Stadt er verließ, um sich, nachdem jede Hoffnung auf politische Besserung in Deutschland durch die Bundestagsbeschlüsse von 1832 vernichtet war und schon einige der besten Vaterlandsfreunde, wie Behr, Eisenmann, Wirth, in Fesseln schmachteten, zu einem Versuch, eine Revolution in Deutschland durch „eine kühne That" zu erregen, in „Reihe und Glied" zu stellen. Nur wer die herrschende Aufregung kannte, welche die Juli-Revolution, die einzelnen Aufstände in Braunschweig, Kassel, Dresden und namentlich die polnische Revolution in der deutschen gebildeten Jugend hervorbrachten, vermag einigermaßen das Frankfurter Attentat zu verstehen. Wislizenus half mit gefälltem Gewehr die Hauptwache stürmen; aber glücklicher als manche seiner Kampfgenossen, gelang es ihm, nachdem das Militär die Oberhand gewonnen, aus der Stadt zu entfliehen. In der Schweiz ging er auf die neue Universität Zürich, die unter Schönlein und Oken rasch emporgeblüht war, und er war einer der ersten Doktoren, die dort promovirten.

Nach einem Aufenthalt in Paris, um die Hospitäler daselbst kennen zu lernen, reiste er im Herbst 1834 nach New York, wo er sich zur Praxis niederließ. Noch voll von den Ideen, welche ihn in Deutschland beseelt hatten, veröffentlichte er dort politische Pamphlete staatsrechtlichen Inhalts, die er „Fragmente" benannte, und war besonders thätig, die deutsche Bevölkerung zu größerer Theilnahme am politischen Leben zu bewegen. Nach zweijährigem Aufenthalt dort, zog es ihn aber unwiderstehlich nach Westen, wo schon so viele seiner Schicksalsgenossen eine Heimath gefunden hatten, und St. Clair County, Illinois, nahm auch ihn freundlich auf. Er fand aber die Praxis auf dem Lande ebenso anstrengend, wie wenig lohnend, und beschloß, sich in St. Louis niederzulassen, erst aber eine Reise in den fernsten Westen zu machen.

An der Grenze des Staates Missouri schloß er sich im Frühjahr 1839 einer der Expeditionen an, welche die „St. Louiser Pelz-Compagnie" jährlich in die Felsengebirge abschickte. Die Reise wurde zu Pferde zurückgelegt. Den Tag über im Sattel, die Nacht auf der Erde, lebte er mit seinen Gefährten lediglich von der Jagd. Zahllose Büffelheerden durchzogen damals noch die Ebenen bis zu den Gebirgen, an welchen er nach zwei Monaten anlangte. Am oberen Green River, da wo er von den schneebedeckten Gipfeln der Windriver-Gebirge herabströmt, rastete die Pelz-Compagnie kurze Zeit zum Tauschhandel mit Tausenden von Indianern und Biberfängern (trappers) und kehrte dann nach Missouri zurück. Wislizenus aber zog mit einem großen Lager Indianer, zu den Nez-Perces und Flatheads gehörend, über den Hauptstock der Felsengebirge, bis in die Hochebene des heutigen Utah und bis zum Fort Hall, dem damaligen südlichsten Handelsort der Engländer am Snake River. Sein Plan, über die Sierra Nevada nach Californien vorzubringen, scheiterte an dem Mangel eines Führers oder Begleiters. Er kehrte mit einigen Gefährten, den unteren Green

River und die Southfork des Platte-Flusses überschreitend, dem Arkansas entlang nach der Grenze von Missouri zurück. Die Reise betrachtete er als eine „Erholungsreise" und er hatte bei der Art, wie sie stattfand, keine Gelegenheit, sie wissenschaftlich auszubeuten. In St. Louis angekommen, widmete er sich wieder mit aller Kraft einer bald gewinnreich werdenden Praxis.

Im Jahre 1846 trieb es ihn wieder zu einer neuen fernen Reise. Es galt diesmal dem nördlichen Mexiko, und wo möglich einem Besuch von Californien auf einem südlichen Wege. Diesmal sollte die Reise eine wissenschaftliche sein, und sie ward wohlausgerüstet angetreten. In Independence vereinigte er sich mit einer der großen Handelskaravanen, welche mit New Mexiko und den Staaten Chihuhahua und Coahuila den amerikanischen Handel vermitteln und deren Leiter der wegen seiner erfolgreichen Karavanenführungen und seinen Handelsunternehmungen in großem Rufe stehende A. Speier, ein Deutscher, war. Nach einer langen, aber für Wislizenus' Zweck desto mehr lohnenden Reise machte der Zug Halt in Santa Fé, und dort erfuhr man denn auch den wirklichen Ausbruch des Krieges zwischen den Vereinigten Staaten und Mexiko. Dennoch erhielt er einen Paß zur Weiterreise vom mexikanischen Gouverneur Armigo.

Im Herbst endlich nach Chihuahua, der Hauptstadt des Staates gleichen Namens, gelangt, fand er Alles in der größten Aufregung. Doniphan's Zug dahin, die Niederlage der Mexikaner bei Sakramento waren dort gerade bekannt geworden. Ein lärmender Volkshaufen belagerte das Hotel, worin Wislizenus und noch einige Amerikaner sich befanden, und machten Mienen es zu stürmen. Die Amerikaner verbarrikadirten sich, luden ihre Büchsen und Pistolen, bereit ihr Leben so theuer wie möglich zu verkaufen. Es gelang dem Gouverneur indessen, nach einiger Zeit die Ruhe wieder herzustellen. Die Amerikaner aber wurden als Gefangene behandelt und nach einem entlegenen Orte internirt, und so mußte Wislizenus unfreiwillig bis zum Frühjahr 1847 dort bleiben, was ihn aber befähigte, genaue Studien über den Staat zu machen und seine bisherigen Sammlungen zu ordnen. Im Frühjahr rückten die amerikanischen Truppen in Chihuahua ein und befreiten ihn.

Unter diesen Umständen nach Westen vorzudringen, wurde unthunlich, und er schloß sich dem Weiterzug der Truppen an, die Befehl hatten, sich mit General Zachery Taylor bei Saltillo zu vereinigen. Er wurde alsbald als Militärarzt angestellt und gelangte im Sommer 1847 wieder nach St. Louis zurück. Er publizirte einen ausführlichen Bericht dieser Reise, welche um so interessanter war, als zur Zeit das Land, namentlich zwischen Santa Fé und der Mündung des Rio Grande del Norte, eine "terra incognita" war. Wislizenus hatte reiche Sammlungen von Mineralien und Pflanzen mitgebracht. Die letzteren wurden von Dr. Georg Engelmann klassifizirt und beschrieben. Er hatte ferner die genauesten meteorologischen und astronomischen Beobachtungen gemacht und namentlich den Höhemessungen große Aufmerksamkeit gewidmet. Eine vortreffliche Karte der von ihm durchreisten Länder, sowie eine geologische Skizze derselben und eine Profil-Karte der Erhöhung begleiteten das von ihm veröffentliche Werk. Nach Prüfung desselben von Sachverständigen hielt es der Senat der Vereinigten Staaten für so wichtig, daß 5,000 Exemplare davon zum Druck beordert wurden.

Vieles in dem Werk ist jetzt veraltet, während andere Resultate, wie z. B. das Profil von Höhen, auf tägliche barometrische Beobachtungen gegründet, von der Grenze von Missouri durch das nördliche Mexiko bis zur Mündung des Rio Grande in den Golf von Mexiko, noch heut zu Tage werthvoll sind. Diese Vermessungen füllen eine große Lücke in der Hydrographie von Mexiko aus, wie selbst Alexander von Humboldt öffentlich anerkannte.

Die furchtbare Cholera-Epidemie in St. Louis 1849 nahm Wislizenus' volle und aufopferndste Thätigkeit in Anspruch. Zur Erholung reiste er im Jahre 1850 nach Europa, besuchte Frankreich und Italien, machte einen Abstecher nach Konstantinopel, erneuerte dort seine Bekanntschaft mit einer jungen Dame, die er bereits in Washington hatte kennen lernen, der Schwägerin von Georg P. Marsh, damals unser Geschäftsträger in Konstantinopel, jetzt schon seit langen Jahren unser Gesandter in Italien, und wurde mit ihr im Gesandtschaftshotel getraut. Ueber das Schwarze Meer, die Donau hinauf, besuchte er Wien und seine alte Heimath Thüringen, und kehrte dann nach den Vereinigten Staaten zurück. Von New York machte er eine flüchtige Reise über Panama nach Californien, um zu sehen, ob für ihn dort ein passender Platz sei, die Praxis wieder zu beginnen. Er fand zuletzt, daß für ihn zur Zeit der Aufenthalt in Californien nicht geeignet sei, und so finden wir ihn im Jahre 1852 wieder in St. Louis, aus welcher Stadt er sich seitdem nur zeitweise entfernt hat.

Er nahm seine Praxis wieder auf, setzte aber unermüdlich seine naturhistorischen Studien fort, namentlich seine meteorologischen Forschungen und verwendete besonderen Fleiß auf die Elektrizität der Luft als eines sehr wichtigen Faktors in der Meteorologie. Die Resultate dieser Forschungen sind in den Transaktionen der "Academy of Science" niedergelegt, eines Instituts, zu dessen Begründern er gehörte. Eine Abhandlung in denselben Transaktionen, „Gedanken über Kraft und Stoff", entsprang einer eingehenden Beobachtung von der ebenso konstanten Erhaltung der Kraft wie der Materie, mit bloß abwechselnder Form.

Dr. Wislizenus ist Mitglied vieler gelehrten Gesellschaften, und nach wie vor ein eifriger Arbeiter auf dem Gebiete der Naturkunde. In der Politik ist er selten öffentlich aufgetreten. Der Demokratie hat er seine Jugendliebe bis heute aufbewahrt. Die

Reisen, die er unternommen, oft auf sich selbst allein gestellt, mitten unter Pelzjägern, Biberfängern und Indianern, zeigen eine Energie und Entschlossenheit des Charakters, welche man kaum bei einem Manne suchen würde, dessen milde Gesinnung und liebenswürdiger gesellschaftlicher Umgang ihm auch in weiteren Kreisen eine große Anzahl von Freunden erworben haben."

Der Verlust zweier geliebter Töchter erschütterten ihn tief. Ebenso ist die Thatsache, daß er in seinen letzten Jahren blind war, ein Umstand, welcher hinzugefügt werden muß, um gewisse Gedichte zu erklären. Er lebte zurückgezogen im Kreise der Seinen. Er ersehnte die einzig mögliche Erlösung; doch trug er die Lasten des Alters mit Muth, fast könnte man sagen mit Gemüthlichkeit. Er verschied friedlich am 22. September 1889.

Inhalts-Verzeichniß.

	Seite
Mein Volk und Vaterland	1
Waffenruf	2
Deutschlands Erwachung	4
Europas Hochzeit	5
Rebellenlied	9
Mein Volk	11
Freiheitskampf in Europa	12
An die Freiheitskämpfer in Frankfurt am Main am 3. April 1833	14
Abschied von Europa	16
1848	18
Zur Feier des 4. Juli in New York	20
Der Indianerhügel	21
Der Nordwind heult	23
Nacht Skizze in der Prairie	24
Westenlied	25
'S war Mitternacht	26
Die Luftspiegelung in den Prairien des Westens. (Fata Morgana)	28
Rock Independence	31
In die Ferne	32
Mein Glaube	35
Es war eine Zeit, wo ich noch konnte glauben	38
An C. B.	40
Wanderschaft	41
König Humbert	42
Meine letzte Ruhestätte	43
Requiem	46
Mein Kindergarten	48
Grabes-Ruhe	49
Stammbuchblatt für meinen Freund Tod	50
Blindheit	51

Mein Volk und Vaterland.

Weh' dir, mein Vaterland, mir ewig theuer,
Dem ich den letzten Lebenshauch geweiht,
Weh' dir, dich fesselt jetzt ein Ungeheuer,
Gar seltsam anzuschaun, voll Scheußlichkeit,
Die Arm' von Eisen, und unzählbar viel',
Der Kopf und Rachen dreißigfach an Zahl,
Die Brust verschlossen jeglichem Gefühl,
Das Herz sich nährend von des Volkes Qual.

Weh' dir, mein Volk, du herrlichstes von allen,
So hoch gepriesen einst durch Tapferkeit,
Weh' dir, wie tief, wie tief bist du gefallen
In dieser schweren, unheilschwangern Zeit!
Wohl hört man viel von Jammer und von Harm,
Von Groll und Zorn und männlichem Entschluß,
Doch nimmer regt für Freiheit sich ein Arm,
Für Menschenrechte nimmer sich ein Fuß!

Weh' euch, ihr blutgetränkten Siegeshelden,
Die ihr geopfert habt des Lebens Gut,
Weh' euch, getäuscht gingt ihr in andre Welten,
Denn nur umsonst floß euer Opferblut!
Ihr wußtet noch zu sterben für das Recht,
Für Freiheit zogt ihr jauchzend in den Tod!
Ihr starbet — für ein schwächeres Geschlecht,
Das lieber vorzieht Sklaverei und Noth!

Waffenruf.

Herbei, ihr deutschen Männer allzumal,
Herbei, ihr deutschen Jüngling' ohne Zahl,
Herbei, herbei, euch ruft das Vaterland!
Euch ruft des deutschen Volks zertret'nes Recht,
Daß endlich ihr das morsche Joch zerbrecht,
Mit dem der Fürsten Willkür uns umwand!
   Deutsche, jetzt zeigt euch des Namens werth,
   Die Stunde ist da, jetzt greift zum Schwerdt,
   Die Zeit ist gekommen, nehmt Waffen zur Hand,
   Zu erkämpfen ein freies deutsches Vaterland!

Ihr Fürsten Deutschlands, steigt herab vom Thron'
Legt ab den Scepter und die Herrscherkron',
Denn euch erwartet jetzt ein streng Gericht!
Das Volk erkennt des Vaterlandes Schmach,
Die düstre Nacht durchbringt der Freiheitstag,
Und jubelnd grüßt die Welt das neue Licht.
   Deutsche, jetzt zeigt euch des Namens werth, ꝛc.

Ihr wähntet wohl, ihr Könige und Herrn,
Es beugte sich das deutsche Volk so gern
Und willig unter eure Despotie?
Weil Kerker jedes freie Wort gehemmt,
So wähntet ihr des Volkes Geist gelähmt,
Ihr kanntet, wahrlich! unser Volk noch nie.
   Deutsche, jetzt zeigt euch des Namens werth. ꝛc.

Ihr aber, Männer, merkt euch eine Lehr',
Aus Fürstenmund traut keinem Eide mehr,
Selbst nicht dem heiligsten vor unf'rem Gott!
Mißtraut Gelübden, schon gelobt so oft,
Auf die, mit Blut erkauft, das Volk gehofft,
Denn stets noch trieben sie damit nur Spott.
 Deutsche, jetzt zeigt euch des Namens werth, ꝛc.

Die Schurken drum zu strafen ziehn wir aus,
Die Fürsten jagen wir zum Land hinaus
Sammt jedem, der sich rühmet ihrem Knecht!
Und fällt daheim uns auch der Abschied schwer,
Doch ziehen jauchzend wir zum Freiheitsheer,
Mit uns kämpft Gott und Wahrheit und das Recht.
 Vaterland, wir sind deines Namens werth,
 Die Stund ist da, wir greifen zum Schwerdt,
 Die Zeit ist gekommen, wir waffnen die Hand,
 Zu erkämpfen ein freies deutsches Vaterland!

Deutschlands Erwachung.

Wenn ein gefesselter Riese erwacht,
  Wenn er die Kräfte zusammenrafft,
  Zerreißt er selbst eiserne Ketten —
Mein Volk ist der Riese, mein Volk ist erwacht,
Der Sturm der Freiheit ist angefacht,
  Es klirren und reißen die Ketten!
     Mein Volk ist erwacht,
     Hurrah zur Schlacht!
     Hurrah für Tod oder Freiheit!

Wenn in der Knechtschaft drückender Schmach
Unsere Väter versanken in Schlaf,
  Woll'n wir doch die Schande nicht erben;
In uns lebt der Riese, in uns lebt die Kraft,
So lange wir leben, lebt Deutschlands Macht,
  Wir wissen für Freiheit zu sterben!
     Mein Volk ist erwacht,
     Hurrah zur Schlacht!
     Hurrah für Tod oder Freiheit!

Volk, deutsches Volk, was zagst du noch?
Verjag' deine Fürsten, zerbrich dein Joch,
  Erwerb' dir die köstliche Beute!
Schon krachen die Donner, schon leuchten die Blitz',
Schon wanken die fürstlichen Herrschersitz',
  Auf, Riesenvolk, zum Streite!
     Mein Volk ist erwacht,
     Hurrah zur Schlacht!
     Hurrah für Tod oder Freiheit!

Europas Hochzeit.
1830—33.

Wenn, wie durch Zauberschlag, ein Volk erwacht,
Das lange Zeit in träger Ruh geschlummert,
Wenn sich ein ganzer Welttheil feindlich spaltet,
Und alle Kräfte sich an Kräften reiben,
Wenn Millionen gegen Millionen
Feindsel'gen Sinnes sich entgegenstehn,
Und aus des wilden Chaos wildem Tosen
Sich neugestaltend eine Welt erhebt;
Dann sind's nicht Worte, leere Namen mehr,
Um derenwillen sich die Völker morden,
Ideen sind's, ein Glaube, eine Wahrheit,
Die fest gewurzelt hat im Menschenherzen,
Und dieser Wahrheit tiefe Ueberzeugung
Mag dir kein Mensch, mag dir kein Gott entreißen.

Auch unf're Zeit hat sich emporgerüttelt,
Ist müd' geworden ihres Winterschlafs,
Und neues Leben, neuer, reger Kreislauf
Strömt durch Europas neugeschwellte Adern,
Denn eine Losung scholl vom Seinestrande,
Ein großes Wort, was, schon beinah verklungen,
Mit Donnerstimme jetzt die Völker mahnte:
Selbstständigkeit und Freiheit! hieß die Mahnung,
Freiheit des Einzelnen! Freiheit der Völker!
Freiheit Europas und der ganzen Erde!

Doch still geworden ist mit einem Male,
Und Niemand regt sich auf dem weiten Kampfplatz,
Denn eine große, heilig große, Leiche
Liegt hingemordet mitten auf dem Felde,
Betäubt und stumm vor Wehmuth sehn's die einen,
Still und beschämt ob ihres Sieg's die andern.

Das Löwenherz Europas war gebrochen,
Das Männervolk Polonias war gefallen,
Und dumpf Entsetzen füllte rings die Erde;
Da war kein Wesen, das den Schmerz nicht theilte,
Kein Herz blieb ungerührt, kein Auge trocken,
Kein Männerarm, der sich nicht krampfhaft regte,
Kein Volk, das dieser Frevel nicht bewegte,
Und selbst die Wesen, die man leblos nennt,
Sie fühlten mit des Menschen tiefe Klage,
Die Ströme, die das Heldenblut geröthet,
Sie wälzten träge sich zum Meere hin,
Der Himmel hüllte sich in Nachtgewand,
Er stockte schier den Athem der Natur,
Um nicht der Todten heil'ge Ruh' zu stören;
Nur Ein Geschöpf auf diesem Erdenrund
Blieb regungslos im allgemeinen Jammer,
Das Nachtgeschmeiß, was man die Fürsten nennt,
Die Licht= und Sonnenscheue Vögelbrut,
Die bei des Adlers kühnem Sonnenflug
Sich scheu in ihre Höhlen eingedrängt,
Die krochen jetzt hervor aus ihren Löchern,
Weil sie gehört, der Adler sei gefallen,
Zwar schüchtern nur und nur aus weiter Ferne
Umkreißten sie zuerst den todten Feind,
Denn selbst noch sterbend schreckte sie sein Anblick,

Doch als sie seines Todes sich versichert,
Da flogen sie zu Hauf herbei und höhnten
Den sie im Leben doch so sehr gefürchtet,
Und jubelten und freuten sich des Tags,
Dieweil es Nacht für sie geworden war,
Und sie jetzt ungestrafter rauben konnten,
Und neu begann ihr altes Regiment.

Und immer düstrer ward's, und immer lauter
Erhoben sie ihr gellendes Geschrei,
Und immer düstrer, stummer ward die Klage
Der Völker, die zu spät jetzt endlich merkten,
Daß sie mit Klagen ihre Zeit vergeudet,
Daß, statt mit Flor den Degen zu umwinden,
Sie erst mit Blut ihn hätten röthen sollen,
Denn blut'ge Zeit verlangt den Mann gerüstet.
Und wahrlich! grauslg genug ward es bald überall,
Seltsame Töne hört man durch die Nacht,
Seltsam wie Schwerdterklang und Kettenrasseln,
Unheimlich Seufzen, wie aus Kerkerluft,
Und tiefes Stöhnen, wie von Sterbenden,
Und Blitze zucken durch die Finsterniß,
Und Wetterscheine flammen hie und dort.

Und fragt ihr bang, was dieser Sturm bedeute?
Das ist das Ringen zwei erzürnter Geister,
Das ist der Kampf von Licht und Finsterniß,
Der Kampf der Wahrheit gegen Trug und Lüge,
Der Kampf des Rechtes gegen Ungerechte,
Der Kampf der Freiheit gegen Tyrannei,
Der heil'ge Kampf der Völker gegen Fürsten!

Noch halten beide Kämpfer sich umschlungen,
Den vollen Sieg hat keiner noch errungen,
Doch wie die Sonne durch den Nebel bringt,
Wie durch die Finsterniß der Morgen bricht,
So wahr wird auch des Lichtes Kämpfer siegen.
Ob früh, ob später, mag die Zukunft lehren,
Doch eher nicht wird uns der Lorbeer schmücken,
Nicht eh' gesichert wird der Sieg uns sein,
Als bis vereint Europas Nationen
Nach einem Ziele gehen Hand in Hand,
Als bis der Bund, den im Geheimen schon
Europas Völkerherzen sich geschworen,
Durch Priesterweihe vor dem Traualtar
Vor aller Welt wird laut und offenbar, —
Der Priester aber, der den Segen spricht,
Der heißt das Schwerdt, die Hochzeit heißt der Krieg!

Rebellenlied.

Das Vaterland in Ketten
Braucht Männer, die es retten,
Nur aus dem Opferblut'
Entsprießt der Freiheit Gut!
Wollt Freiheit ihr genießen,
Müßt ihr zu sterben wissen,
Nicht Tod noch Wunden scheu'n.
Euch stürzen mitten drein!
   Drum lustig, ihr Brüder,
   Singt fröhliche Lieder!
   Hinaus in den Kampf,
   In den Pulverdampf!
   Hinaus zum Leben, hinaus zum Sterben!
   Ein freies Land,
   Ein Vaterland
   Uns kühn zu erwerben,
   Oder frei auf freiem Boden zu sterben.

Mit Worten sich zu streiten,
Paßt nicht für unsre Zeiten,
Nur in dem Schlachtgewühl
Erglänzt der Freiheit Ziel!
Wo Recht und Falschheit streiten,
Da muß die That entscheiden,
Meineid'ger Fürsten Hohn
Verlanget blut'gen Lohn!

Drum lustig ihr Brüder,
Singt fröhliche Lieder!
Hinaus in den Kampf,
In den Pulverdampf!
Hinaus zum Leben, hinaus zum Sterben!
Ein freies Land,
Ein Vaterland
Uns kühn zu erwerben,
Oder frei auf freiem Boden zu sterben!

Mein Volk, du bist betrogen,
Die Schwerter sind gezogen,
Es bleibt dir keine Wahl,
Brich durch der Feinde Zahl!
Kein Ausweg, der dich rette,
Als der durch Bajonette,
Willst darum frei du sein,
So stürz dich wacker drein!
   Drum lustig ihr Brüder,
   Singt fröhliche Lieder!
   Hinaus in den Kampf,
   In den Pulverdampf!
   Hinaus zum Leben, hinaus zum Sterben!
   Ein freies Land,
   Ein Vaterland
   Uns kühn zu erwerben,
   Oder frei auf freiem Boden zu sterben!

Mein Volk.

Ich kenn' ein Volk, gar treu bewährt
In seiner frühen Jugend;
Ich kenn' ein Volk, gar hoch geehrt
Für seine Heldentugend.

Das Volk war stark, das Volk war frei,
Und haßte jede Tyrannei;
Da stiegen Fürsten auf den Thron,
Und sprachen seiner Freiheit Hohn.

Doch fragt ihr, wer die ärgste Wund'
Dem Vaterlande schlug,
Das that ein deutscher Fürstenbund
Durch List, Gewalt und Trug.

Frei Verkehren ward verboten,
Freies Wort war todt,
Im Gefängniß Patrioten
Und das Land voll Noth.

Drum jagt den Bund zum Land hinaus,
Eh' kann's nicht anders sein,
Sind diese Räuber einmal b'raus,
Kehrt Freiheit wieder ein.

Freiheitskampf in Europa.

Freiheitswetter aus dem Land der Franken,
Feuergeist, der kühn durchbrach die Schranken,
Allgewalt'ger Schöpfer unsrer Zeit!
Deine Donner wecken Nationen,
Deine Blitze zücken über Kronen,
Und dein Nam' ist Unbezwingbarkeit!

Großes freilich kann nur groß entspringen,
Nur gewaltig in das Leben bringen
Kann ein mächtig hohes Ideal;
Darum zagt nicht, wenn der Freiheitsreigen
Ernst und schweigsam schreitet über Leichen,
Hingemordet von dem blanken Stahl!

Darum zagt nicht, wenn zertreten worden
Jüngst erst von despotisch rohen Horden
Eine edle, kühne Nation;
Aus Polonias großen Heldenleichen
Werden tausend Rachegeister steigen,
Niederstürzen des Tyrannen Thron!

Darum zag' auch du nicht, Land der Eichen,
Schwergedrücktes, sollst nicht ewig beugen
Deinen Nacken unter Zwingherrschaft;
Blutigroth naht schon dein Freiheitsmorgen,
Darum vorwärts ohne bange Sorgen,
Bau nur fest auf dich und deine Kraft!

Wenn dann aber die Trompet' wird schallen,
Deutschlands Blüthe wird zusammenwallen,
Jünglinge und Männer Hand in Hand,
Tausch' auch ich die Leier mit dem Schwerte,
Und mein einzig Lied und Trachten werde:
Süßer Opfertod für's Vaterland!

An die Freiheitskämpfer in Frankfurt am Main am 3. April 1833.

Denkt ihr daran, ihr meine deutschen Brüder,
Wie wir bereinst in unsrem Vaterland,
Durch Despotismus schwer gedrückt darnieder,
Zum Schwur erhoben unsre freie Hand,
Wie wir gelobt, dem deutschen Vaterlande
Mit unsrem Leib und Leben uns zu weihn,
Wie wir gelobt, es von der Knechtschaft Schande
Mit unsrem eignen Herzblut zu befrei'n?

Denkt ihr daran, wie wir uns da verschworen,
Voranzugehen auf der Freiheit Bahn,
Wie niemals wir den kühnen Muth verloren,
Obschon man's schalt als eitlen Frevelwahn,
Wie wir des deutschen Volkes träge Masse
Erwecken wollten aus dem Todesschlaf,
Der deutschen Freiheit brechen eine Gasse,
Wenn auch der Speer das eigne Leben traf?

Denkt ihr daran, wie an des Maines Strande,
Der vormals manche kühne That geschaut,
Wo einst ein Volk, das sich die Franken nannte,
An freier Furt die freie Stadt gebaut,
Denkt ihr daran, wie wir uns da vereinten,
Wir freien Männer zu der freien That,
Wie wir vernichten wollten unsren Feinden
Das Herz, was nur zu lang' geschlagen hat?

Denkt ihr daran, wie von Verrath umgeben,
Umringt von Söldnern unser Häuflein war,
Und wie wir dennoch wagten unser Leben,
Dem Tod geweiht, die kleine Freiheitsschaar —
Wie wir uns todesmuthig da geschlagen,
Wir freien Männer gegen Söldnermacht,
Bis endlich wir dem Schicksal unterlagen
In jener blut'gen deutschen Freiheitsnacht?

Denkt ihr noch dran, an jene ernste Stunde,
Ihr Männer, die das Schicksal nicht erreicht,
Denkt ihr daran bei froher Tafelrunde,
So denkt auch derer, die es hat erreicht,
Denkt unsrer Brüder, die im Kerker schmachten,
Denkt, daß das Vaterland noch nicht befreit,
Daß wir nach neuen Kämpfen müssen trachten,
Und unser alter Schwur er sei erneut!

Abschied von Europa.

Was mir mit Freud' und Lust
Schwellte die Jünglingsbrust,
Was mich so tief bewegt,
Was mich so sehr erregt
Zu Sang und Klang
Aus Herzensdrang —
Der Völker Freiheitsinn —
Er ist dahin!

Freiheit ist aller Orten
Schläfrig und müd' geworden,
's war noch zu kalt auf Erden,
Sollte erst Frühling werden.
Und wie sie flieht,
Verstummt mein Lied,
Möcht' sich auf wärmeren Höhen
Mit ihr ergehen.

Klagen, das mag ich nicht,
Es ziemt dem Manne nicht,
Hör' lieber auf zu singen,
Lasse mein Lied verklingen,
Verschließ in's Herz
Den herben Schmerz,
Bis daß der Winter thaut,
Und Frühling graut.

Zum letzten Mal dann greif' ich in die Saiten,
Sing' noch ein Lied von künft'gen bessern Zeiten,
Nehm gleich das Schwert zur Hand
Und sterb' für's Vaterland.

1834.

1848.

Es ist zu spät! So ruft des Volkes Stimme
Dem treulos schlauen Bürgerkönig zu;
Zu lang verhöhntest Du des Volkes Stimme,
Vernimm sie jetzt, meineib'ger König Du!
Die Barrikaden haben Dich erhoben,
Die Barrikaden sind des Volks Replik;
In Barrikaden ist Dein Reich zerstoben —
Es ist zu spät! Hoch leb' die Republik!

Es ist zu spät, romant'scher Schwanenritter,
Und Du von Habsburgs Kaiser-Dynastie,
Das Volk zertrat den Gottes Gnaden Flitter,
Die Majestät beugt vor dem Volk ihr Knie.
In Euren Straßen ist die Saat gesäet,
Umsonst beschwört Ihr jammernd das Geschick,
Bald wird die blutgetränkte Saat gemähet! —
Es ist zu spät! Hoch leb' die Republik!

Es ist zu spät, ihr Herrn von Gottes Gnaden!
Herab von Eurem angemaßten Thron!
Das deutsche Volk wird mit sich selbst berathen,
Was Ihr verdient als Eurer Dienste Lohn!

Wie gnädig! Auch nicht ein Mann unter ihnen,
Der kämpfend stürbe für sein fürstlich Glück,
All' sind bereit, dem deutschen Volk zu dienen. —
Es ist zu spät! Hoch leb' die Republik!

Es ist zu spät, ihr Constitutionellen!
Das morsche Haus ist Eurer Kunst entrückt.
Es kracht und bricht in Pfeilern, Pfosten, Schwellen,
Der Grund erbebt, weil Ihr am Giebel flickt. —
Flickt zu mit Pergament und Parlamenten,
Drängt wie ihr könnt das Rad der Zeit zurück,
Das Volk wird frischer That sein Werk vollenden —
Es ist zu spät! Hoch leb' die Republik!

Zur Feier des 4. Juli in New York.

Stoßt an, Columbia soll leben, Hurrah hoch!
Als die Welt war versunken in Sklaverei,
Da brach es die Ketten kühn entzwei,
   Frei ist das Land, frei ist das Land!

Stoßt an, Washington lebe, Hurrah hoch!
Er hat uns erkämpfet das freie Land,
Er hat es gehütet mit Vaterhand!
   Frei ist das Land, frei ist das Land!

Stoßt an, Jefferson lebe, Hurrah hoch!
Als die Sonne der Freiheit umdüstert war,
Enthüllt' er von neuem sie rein und klar!
   Frei ist das Land, frei ist das Land!

Stoßt an, Jackson soll leben, Hurrah hoch!
Er hat mit Wort und Schwert gekämpft,
Hat inn're und äußere Feinde gedämpft!
   Frei ist das Land, frei ist das Land!

Stoßt an, Republik lebe, Hurrah hoch!
So lange wir schützen Columbias Bund,
Wird Freiheit bestehen auf dem Erdenrund!
   Frei ist das Land, frei ist das Land!

Der Indianerhügel.

In der Krämerstadt St. Louis saß ich einst um Mitternacht
Auf dem höchsten jener Hügel, von dem rothen Volk gemacht.
Sternbesäet war der Himmel, Todtenstille rings umher,
Nur der Mississippi rollte dumpf dahin sein Wogenmeer,
Und mit seiner Wogen Drängen fluthete mein Geist dahin
In die Ferne, in die Weite, zu der Träume Meere hin;
Und die Wesen sah ich wieder, die im fernen Vaterland
Meine Kindheit einst umflochten mit der Liebe zartem Band,
Und die Zeiten sah ich wieder, wo in Idealesgluth
Für die Freiheit ich geopfert meines Herzens wärmstes Blut.
Aber still ward's nach dem Sturme, todtenruhig ward die Erde,
Nur verborgen glimmt' der Funke auf des Vaterlandes Herde,
Und in fernen Ländern sucht' ich Balsam für die wunde Brust,
Doch die Ferne konnt' nicht heilen die erdrückte Lebenslust.
Einsam stand ich in der Menge, wie ein nackter Fels im Meer,
Schaute stumm in's Fluthgedränge, das sich thürmte um mich her.
Wie ich so im Traum verloren in der öden Wüste stand,
Fühlt' ich plötzlich die Berührung einer kalten Todtenhand.
Mit dem Bogen, mit dem Köcher, in die Büffelhaut gehüllt,
Stand ein Indianer vor mir, ein gespenstisch Schattenbild.
„Blaßgesicht," sprach er, „was haderst kleinlich du mit dem Geschick,
Weil die Welle deines Lebens nicht gehoben wird vom Glück?

Schaue um dich! Wo vor Zeiten weit und breit mein Volk gehaust,
Hat der Sturmwind der Vernichtung über uns dahin gebraust.
Häuptling war ich meines Stammes, dieser Hügel ist mein Grab.
Doch selbst meines Volkes Name stieg mit mir ins Grab hinab.
So verschwinden Nationen in des Daseins Wechselspiel;
So vergehen Mann und Völker, weil der große Geist es will!"
Sprach's, und von des Thurmes Höhe klang der Ruf der Morgenstunden,
In die Tiefe sank der Häuptling, und mein Traumbild war verschwunden.

Der Nordwind heult.

Der Nordwind heult durch die Winternacht,
Auf dem „Vater der Ströme" die Eisscholle kracht;
Es schäumen die Pferde in hastiger Flucht,
Ihr Schaum wird im Nu zu eisigem Duft.
Und fern auf dem Hügel, da strahlet ein Haus
Wie ein Leuchtstern aus düsterer Nacht heraus,
Es funkeln die Lichter, und Musik ertönt,
So lustig, als ob sie den Nordwind verhöhnt.
Und im duftenden Saale da wogt eine Fluth
Anmuthiger Gestalten voll Liebesgluth,
Es schweben die Grazien den Saal entlang,
Mein verrostetes Herz wird so heiß und bang.
Doch die Austern, die schlechten, die schmeckten mir nicht;
Dann wartete ich auf kein weiter Gericht.
Ich schwang mich auf's Pferd und ritt und ritt —
Hol' der Teufel die Austern und die Grazien mit!

Nacht Skizze in der Prairie.

Mild war die Nacht, — die weite, stille Prairie,
Nur von des Mondes Strahlen sanft beleuchtet,
Die Luft getränkt mit Balsam wilder Blumen,
Und Gottes Frieden ruhend auf der Landschaft.
Und tief im Schlafe auf der Mutter Erde
Lag unsre Caravane hingebettet,
Die Wagenburg in Reih' und Glied gekettet,
Die Thiere grasend auf der fetten Weide.
Und auch in meiner Brust ergoß sich Ruhe,
Fern von der Menschen engbegrenzten Kreisen
Warf ich mich an den Busen der Natur,
Und sog an ihren Brüsten neues Leben.
Ich träumte, ich sei eines ihrer Kinder,
Und liebreich zog sie mich an's Mutterherz,
Strich mir die Zweifel von der düstern Stirne,
Und sprach manch' tröstend, traulich Wort zu mir.
Da hört' ich's rauschen dumpf in weiter Ferne,
Wie aus den Tannenwäldern meines Vaterlandes,
Wie von dem Wellenschlag des lieben Rheines,
Wie von der Fluth des lieblichen Potomac.
Der Traum zerrann, das Wasser rauschte fort —
'S war nur ein Bach, der durch die Ebene rollte;
Auf, Träumer, auf! Der Morgen graut heran,
Nicht rasten sollst du, sondern rastlos wandern!

Westenlied.

Im Westen der Vereinten Republik
Zog mit der Caravan' ich durch die Wüste
Von Gras und Sand, von Fels und Schneegebirg,
Bis wo des Meeres Wüste sie begrenzt.
Und rastlos lag ich einst auf meinem Lager,
Um mich herum war schauerliche Ruh',
Der dunkeln Nacht pechschwarzer Mantel deckte
Die weite Prairie wie mit Leichentuch.
Tief schnarchten die Gefährten um mich her.
Nur eine Wölfin heulte in der Ferne;
Und an des Lagerfeuers letztem Glühen
Sucht' ich den Rest der Nacht noch zu verträumen.
Und durch das Dunkel über Meer und Land
Flog ich im Geiste nach der alten Heimath,
Und Bild um Bild ging rasch an mir vorüber,
Im Brennpunkt meines Hirns sich wiederspiegelnd,
Bald hell, bald düster seine Schatten werfend;
Doch geistergleich, wie Schatten floh'n sie alle,
Und nur das letzte Bild blieb vor mir steh'n:
Die öde Steppe meines innern Lebens,
Die Grabeshügel meiner Jugendträume.
Und düsterer starrt' ich in der Kohlen Gluth;
Der Wölfe Heulen klang mir wie Musik,
Die dunkle Nacht war mir nicht schwarz genug —
"Get up! Get up!" rief plötzlich unser Führer,
Und munter ward die ganze Caravane.

'S war Mitternacht.

'S war Mitternacht! Der Sterne Schaaren zogen
Geheimnißvoll dahin am Himmelsbogen,
Im Schlaf versenkt war jede Creatur,
Nur sie noch wacht, die ewige Natur.

So wacht die Mutter, wenn ihr Liebling ruht,
So ruht der Säugling unter Mutterhut,
Von ihrem liebevollen Arm umwunden,
Bis Kraft zum neuen Leben er gefunden.

Doch Schlaf erquickt nicht meine Augenlider,
Ich wandere unter'm Himmel auf und nieder,
Halt' Zwiesprach' mit der Sterne golb'nen Weiten,
Und frage nach der Zukunft dunkeln Zeiten.

Und, wie des delphischen Orakels Trug
Antwortet dunkel mir des Schicksals Spruch':
„Nicht eher, Mensch, sollst du die Zukunft schauen,
Bis du gelernt dem Weltall zu vertrauen."

Und in des Spruches Sinn war ich versunken,
Da sprüh'n im Osten neue Sternenfunken,
Und strahlend über alle nah' und fern
Erhebt sich mild und klar der Liebe Stern.

Dem Stern der Liebe hab' ich mich vertraut —
Dem Geiste, der das Weltall aufgebaut —
In den Gestirnen wechselt das Geschick,
Der Stern der Liebe nur verheißt uns Glück!

Auch dich hält jetzt der süße Schlaf umfangen,
Der Unschuld Lächeln spielt um deine Wangen,
Der Tugend Frieden deckt die keusche Brust,
Im Auge schläft der Liebe reinste Lust.

Schlaf' sanft, mein Engel, ruh' in süßen Träumen
Bis sich des Himmels Ränder gülden säumen,
Schlaf' ruhig — bald wird frisch der Morgen tagen,
Schlaf' sanft, mein Kind! ich und die Liebe wachen.

Die Luftspiegelung in den Prairien des Westens. (Fata Morgana.)

Ein Wand'rer, matt und müde,
Zieht durch der Wüste Sand,
Gar heiß die Sonne glühte,
Schier töbt'n ihn Durst und Brand.

Da plötzlich, welch' Entzücken!
Zaub'risch wie eine Fee,
Taucht auf vor seinen Blicken
Ein wundervoller See.

Krystallen ist sein Spiegel,
Des Himmels tiefstes Blau
Senkt sanft an jenem Hügel
Sich in der Fluthen Thau.

Und zarte Lüfte schwellen
Die himmelblaue Fluth,
In leichtgehob'nen Wellen
Erstirbt des Bodens Gluth.

Und seine Ufer säumen
Rohr, Dickicht und Gesträuch,
Mit ewiggrünen Bäumen,
Ergötzlich, schattenreich.

Und fern im Hintergrunde
Glänzt prachtvoll eine Stadt,
Wie auf dem Erdenrunde
Es wenige nur hat.

Ein Schloß und Thürme ragen
Weit in die Wüste hin,
Die klaren Fluthen tragen
Ihr Spiegelbild darin.

Erstaunt hebt sich im Bügel
Der müde Reitersmann,
Giebt drauf dem Pferd die Zügel,
So stark es laufen kann.

„Lauf zu, mein Pferd, lauf munter,
„Gefährte meiner Qual!
„Trag uns zum Ort der Wunder,
„Zu rasten allzumal!"

Der Rappe, spitz die Ohren,
Die trocknen Nüstern weit,
Rennt frisch und neugeboren,
Ein Schlachtroß, hin zum Streit.

Wohl manche Meile jagen
Der Reiter und sein Roß;
Doch noch viel schneller jagen
Der See und Stadt und Schloß.

Und als er kam zur Stelle,
Wo er zuerst erschaut
Des Trugbilds Zauberwelle
Von Aetherblau bethaut,

Stürzt Roß und Reiter nieder
Auf dürren, heißen Sand;
Erschöpft sind Kraft und Glieder,
Ihr Lebensmark verbrannt.

„Phantom, aus Licht gewoben,
„Was lockst du mich heran?
„Trugbild vom Aether droben,
„Welch Schicksal trieb dich an,

„Daß du mit Zauberblicken,
„Mit süßer Täuschung Schein,
„Den Wand'rer magst berücken
„Zu solchen Todes Pein?"

Und mit der Sonne Neigen
Schwand See und Stadt und Schloß;
Und auf dem Sande bleichen
Der Reiter und sein Roß.

Rock Independence.

(Im fernen Westen der Vereinigten Staaten, ein hundert bis zweihundert Meilen östlich von den Felsengebirgen, liegt ein ungeheurer isolirter Felsblock, inmitten der Prairie. Die "Sweet water" fließen hart an ihm vorüber. Eine Caravane, die den 4. Juli daselbst feierte, taufte ihn "Rock Independence").

Im Westen in der Wüste
Da steht ein Felsenblock,
Der Wanderer ihn begrüßte
Als "Independence Rock."

Sein Körper ist graniten,
Sein Rücken unbelaubt,
Nur Sturm und Wetter hüten
Sein nacktes Felsenhaupt.

Die „süßen Wasser" spülen
An seinem Fuße hin.
Der Nord= und Westwind wühlen
An sein bemoostes Kinn.

Und tausende von Jahren
Steht er so da, wie heut,
Beschaut der Büffel Schaaren,
Die Prairie weit und breit.

Kein Mensch gebeut den Winden,
Die Wasser strömen fort,
Der Büffel Schaaren schwinden,
Der Fels steht immerfort.

So in der Menschenwüste
Der Mann von Granit steht,
Starr schaut er in die Wüste,
Die um ihn her vergeht.

In die Ferne.

Hinaus, hinaus! noch einmal in die Ferne,
Fort aus der Menschen ängstlichem Gewühl!
Hinaus in's Weite, wo das Heer der Sterne
Im öden Herzen wieder weckt Gefühle;
Hinaus, wo mich das Obdach der Natur
Mit seinen Millionen Augen deckt;
Hinaus, wo keines Menschen läst'ge Spur
Mich aus den Träumen der Erinn'rung schreckt.

Verwaist und einsam fühl' ich mich im Leben,
Der Sinnverwandten find' ich wenig hier;
Dem Drang zur Ferne muß ich mich ergeben,
In weitern Kreisen such' ich Ruhe mir.
Den Staub muß ich von meinen Füßen schütteln,
Der meines Lebens Poren hat verklebt,
Den todten Geist aus seinem Schlaf aufrütteln,
Wo mich der Urgeist der Natur umweht.

Bei tausend Meilen weit dehnt sich die Prairie,
Ein ewig wogend Gras= und Sandesmeer,
Und mitten der unendlich weiten Prairie
Erscheint kein Strauch, kein kühler Schatten mehr.
Der Bäche Ufer, mit Gehölz umsäumet,
Oasengleich dem müden Wandrer winkend.
Doch oft auch durch die weite Ebene schäumet
Ein nackter Bach, im nackten Land versinkend.

Der Elk und Hirsch, sie rasten dort gemüthlich,
Das Bergschaf pflegt auf Höhen seine Ruh',
Der Büffel schwere Heerden grasen friedlich,
Der graue Bär schaut ihnen lüstern zu,
Die Antilop' jagt wie ein Blitz vorüber,
Im Boden wühlt der kleine Prairiehund,
In den Gewässern baut der sinnige Biber,
Der Wölfe Chor heult um die Geisterstund'.

So bin von tausend Wesen ich umgeben,
Die in der Wildniß sich des Daseins freuen,
Die diese öde Einsamkeit beleben,
Und nur des Menschen blut'gen Fußtritt scheuen, —
Des Menschen, des erhab'nen, göttergleichen,
Der Schöpfung Meisterwerk, der Erde Zier,
Des Herrn der Welt, vor dem sich alle beugen,
Und, wenn beim Licht betrachtet, selbst ein Thier.

Ein Fremdling kann nur Fremdlingen begegnen,
Er kennt kein schützend Obdach, keine Heimath,
Kein Herz schlägt warm dem seinigen entgegen,
Da wird das eigene müd' und lebenssatt.
In Haß verwandeln sich die stärksten Triebe;
Es reißt ihn aus der Menschheit kalten Armen,
Um in der ew'gen Mutter aller Liebe,
Sei's auch im Tode, wieder zu erwarmen.

Ew'ge Natur, du Mutter aller Wesen,
Du meine treue Amme, die mich liebte,
Die mich gesäugt, mir immer hold gewesen,
Weil ich geflissentlich dich nie betrübte,

Du liebst mich noch, du hast mich nicht verstoßen,
Dein Mutterherz ist auch für mich noch offen,
Und unzufrieden mit des Lebens Loosen
Mag ich in dir noch Ruh' und Frieden hoffen.

Ja, Ruh' und Frieden werd' ich in dir finden,
Doch nimmer auf dir, alte Scholle Erde;
Wer sich erkühnt das Leben zu ergründen,
Und sich getrennt hat von der großen Heerde,
Die unter der Gewohnheit Joch sich beugt,
Der hat sein Ziel hienieden schon gefunden,
Der hat die Ruh' aus seiner Brust verscheucht;
Ein Gott zieht ihn nach oben ober unten.

Mein Glaube.

Der Woche emsig Treiben ist vorüber,
Das Festgeläute ruft zum Haus des Herrn,
Und Jung und Alt, geschmückt mit Sonntagskleidern,
Strömt nach der Kirche gottgeweihten Räumen.
Der Wuch'rer wirft zerknirscht sich auf die Knie
Der Woche Sünden im Gebet zu büßen.
Der Trunkenbold, der Dieb, und selbst der Mörder,
Sie waschen sich von ihren Sünden rein.
Und durch den Haufen schleicht der Liebesgott,
Und schießt heimtückisch seine leichten Pfeile.
Die zarte Jungfrau fleht um den Geliebten,
Der Jüngling betet seine Göttin an.
Frommgläubig auch ergießt sich manche Seele
Vor dem, was ihnen durch Gewohnheit heilig.
Und wie das bunte Heer an mir vorüberzieht
Wird's mir im Innern so unheimlich weh',
Ich denke meiner frühen Knabenjahre
Wo in der Unschuld meines Kinderherzens
Ich voller Andacht folgte ihrem Zuge.
Und wie des Zweifels Dämm'rung dann mich weckte,
Und mir des Menschentruges Blöß' entdeckte,
Und wie ich einsam unter ihnen stand,
Ein armer Wanderer in der Menschenwüste,
Und wie die alten Freunde von mir schieden,

Und ich allein verfolgte meinen Pfad,
Und wie es trüber, finsterer um mich ward,
Bis sich der Wahrheit Licht in mir entzündet,
Und was im Mikrokosmus ich verloren,
Ich in des Weltalls Leben wiederfand.
Gar mancher freilich lächelt meines Glaubens,
Er dünkt ihn schlimmer als das Heidenthum.
Und mancher gläubig fromme Bibelchrist
Hält mich deßhalb für einen Atheist.
Ich bin kein Gottesleugner, kein Ungläubiger,
Mein Glaube ist bloß weiter wie der eure.
Mein Gott wohnt nicht in euern engen Mauern,
Er wohnt im großen Tempel der Natur.
Er wohnt in der Gestirne weiten Kreisen,
Wie in des Halmes regen Bildungstrieb;
Im Blitz und Donner, im Orkan und Sturme,
Wie in des todten Steines stillem Leben;
Im ewigen Einheitskampf der Weltenpole,
Wie in des eigenen Hirns Gedankenstreit,
Im Schaffen, Bilden, Toben und Zerstören
Des unergründlich tiefen Lebensstromes,
Im wunderbaren, unerforschlichen,
Geheimnißvollen, segensreichen Walten
Der abertausend Kräfte der Natur,
Dort wohnt mein Gott und spricht mit tausend Zungen
Zu meines Herzens tiefbewegtem Innern.
Und diesen Gott soll ich mit eurem tauschen?
Und meinen Tempel gegen eure Klause?
Mein Gott lebt allwärts in und außer mir,
Sein Wort die ewigen Kräfte der Natur,
Und ihres Wirkens Grenzen sein Gesetz.

So leb' und web' ich in der großen Schöpfung,
Ein Theil des Ganzen und ein Ganzes selbst.
Ich fühle meine eigene Kraft und ahne
Die hohe, unermeßliche des Weltalls.
Könnt ihr mit all dem Flitterstaat in euern Kirchen
Mir dieses göttliche Gefühl verleihen,
Was ich vom Urquell alles Lebens trinke,
Wohlan! so reiß' ich meinen Tempel ein,
Wo nicht, so laßt mich meines Weges gehen;
Zieht ihr in Frieden nach den engen Mauern;
Doch meinen Frieden laßt mir in der Weite!

Es war eine Zeit, wo ich noch konnte glauben.

s war eine Zeit, wo ich noch konnte glauben
An Bibelgott und Bibelseligkeit,
Wo Höll' und Trübsal mir nicht konnte rauben
Den süßen Traum von Gottes Himmelreich —
's war in den flücht'gen, gold'nen Knabenjahren
Voll reichem, reinem, kindlichem Gemüth,
Doch wie wir Kinderkleider nicht bewahren,
So auch dem reif'ren Geist der Glaube flieht.

'S war eine Zeit, wo ich noch konnte lieben,
Wo in dem Sturme wilder Leidenschaft
Die Kräfte sich an Idealen üben,
Und jeder Mensch sich eine Welt erschafft —
's war in der Zeit des kühnen Jugendstrebens,
Wo man die Menschheit brüderlich umfängt
Bis in das enge Bett des eig'nen Lebens
Die Wirklichkeit das wilde Bächlein drängt.

'S war eine Zeit, wo ich noch konnte hoffen,
Noch hoffen auf der Menschheit Aufersteh'n,
Noch hoffen, daß vom Blitz der That getroffen,
Der Heuchler Hydraband' würd' untergeh'n.
Doch dumm und feig' ist noch die große Menge,
Sie beugt sich willig unter's Sklavenjoch,
Und in der Menschenthiere bunt Gedränge
Stehn nur vereinzelt wenig Menschen noch.

Und Glaube, Liebe, Hoffnung ist verschwunden
Aus meines Lebens engbegrenztem Raum,
Der Zweifel Dämm'rung hab' ich mich entwunden,
Vorbei ist Täuschung, ausgeträumt der Traum;
Nach starren, ewigen Gesetzen waltet
Unwandelbar und eisern das Geschick,
Und was allmächtig über Welten schaltet
Verleiht uns wechselnd Mißgeschick und Glück.

Ein Sandkorn sind wir in dem Bau der Welten,
Ein Tropfen nur im Ozean der Zeit —
Wer mag die höhern Mächte darum schelten,
Daß wir nicht fassen die Unendlichkeit?
Der Wurm vermißt sich, daß er sei die Mitte,
Um die das Firmament in Sphären kreist,
Dieweil in stetem, festem Riesenschritte
Die große Welt das Sandkorn mit sich reißt.

An C. B.

Das Sinnbild, das dein heit'rer Scherz erdacht,
Was kunstvoll deine zarte Hand gemacht,
Es hat mich überraschend angezogen:
Hier meiner Wissenschaft geweiht' Symbol,
Und dort die Fähre, die mich tragen soll
Auf unbekannten fernen Meereswogen.

Wohl werd' ich einsam oft da draußen stehen,
Werd' schweigend in die tiefen Fluthen sehen,
Und meiner fernen Heimath dann gedenken,
Und fragend werd' ich nach den Sternen schauen,
Und was sie mir geheimnißvoll vertrauen
Werd' ich getreulich jenen Blättern schenken.

Und wenn der Sturm des Lebens mich umbraust,
Und meinem Auge vor dem Abgrund graust,
Und mein gewohnter Muth beginnt zu wanken,
Dann seh' ich deutend jene Zeichen an,
Und knüpfe meiner Jugend Träume dran,
Und meine Rettung hab' ich dir zu danken.

Den Anker doch halt' ich vor Allem fest,
Den Anker, der mich wieder landen läßt.
Sobald der Freiheit erster Ruf wird schallen,
Dann, Schiffer, eile dich, ich muß an's Land,
Ich will, ich muß — gieb mir ein Schwert zur Hand —
Auf deutscher Erde siegen oder fallen!

Wanderschaft.

Eng sind die Menschen, weit ist die Welt,
Drum treibt's mich hinaus in die Weite;
Drum fühl' ich mich wohler in Wald und Feld,
Und wo ich die Menschen vermeide.

Kalt sind die Menschen, warm die Natur,
Drum zieht es mich hin zu der Wärme,
Drum sonne ich mich auf lachender Flur,
Wenn ich unter Menschen mich härme.

Todt sind die Menschen, ewig die Kraft,
Die waltet und schaffet im Weltall;
Drum bin ich auf ewiger Wanderschaft,
Auf unserem winzigen Erdball.

König Humbert.

Die Krone, die Dein Volk Dir hat gegeben,
Im Kampfe für Italiens Einheitsstreben,
Hat Deines Geistes Größe nur erhöht;
Warm schlägt Dein Herz noch für der Menschheit Leiden,
Des Volkes Jammer tönt von allen Seiten,
Und treibt Dich hin, wo Pesthauch Dich umweht.

Als schlichter Bürger, ohne Söldnermassen,
Geht König Humbert durch Neapels Straßen,
Inmitten und vertrauend seinem Volk,
Glücklich die Mutter, die berührt sein Kleid,
Der Kinder Schaar vergißt ihr eignes Leid,
Die Männer schau'n auf ihn mit Freud' und Stolz.

Furchtlos betritt er bitt'rer Armuth Hütten,
Wo von der Seuche Tausende gelitten;
Er tröstet, ordnet, mindert ihre Leiden,
Ermuthigt Zagende, und wirkt und schafft,
Bis selbst der Seuche gift'ge Wuth erschlafft,
Und er, gesegnet von dem Volk, darf scheiden.

Den Schlachtenruhm theilst Du mit andern Fürsten,
Die nur nach blutigen Trophäen dürsten;
Doch für den höhern Muth auf Fürstenthrone
Zu opfern für das Volk sein Gut und Blut,
Sein Leben selbst — für solchen Edelmuth,
Ertheilt die Menschheit Dir des Ruhmes Krone.

Meine letzte Ruhestätte.

In des Waldes feierlicher Stille,
    Dort auf Felsenhöh'n,
Hab' ich meine Stätte mir erkoren,
    Einsam, prachtvoll schön.

Vor mir rollt die weite Eb'ne,
    Von der Hügel Blau begrenzt,
Unter mir „der Ströme Vater",
    Der im Sonnenstrahle glänzt.

Um mich rauscht der Wald und flüstert,
    Wie geschied'ner Geister Chor,
Seine sanften, heil'gen Lieder
    In mein kindlich lauschend Ohr.

Eine Eiche, hundertjährig,
    Mit der Kron' im Himmelszelt,
Deckt mit ihren grünen Zweigen
    Was mir theuer auf der Welt:

Unter ihrem kühlen Schatten
    Ruht mein Kind, mein Engelsbild,
Flora, mit den gold'nen Locken,
    Mit dem Aug' so klar und mild.

Flora, mit der off'nen Stirne,
    Mit dem Geist so hehr und kühn,
Mit dem reinen, warmen Herzen,
    Mit dem zarten Schönheitssinn.

Feengleich war ihr Erscheinen,
    Zaubervoll ihr Angesicht,
Hold ihr Lächeln, holder noch
    Ihres Geistes dämmernd Licht.

Eine Knospe ist gebrochen
    Von des Schicksals rauher Hand,
Neidisch zogen höh're Mächte
    Sie an's dunkeln Grabes Rand.

Grabesdunkel, Grabesstille,
    Vor der selbst dem Muth'gen graut,
Stumm' Geheimniß, Isisschleier,
    Den kein Weiser noch durchschaut!

Es erstarren Vater, Mutter —
    's stockt das Blut im müden Herz,
Bis in einer Fluth von Thränen
    Sich gelöst der herbste Schmerz.

Blumen, köstliche und duftend,
    Streu'ten wir auf sie herab,
Senkten dann die ird'sche Hülle
    In ihr einsam Felsengrab.

Doch ihr Geist, der ew'ge, freie,
    Lebt noch in des Weltalls Raum,
Schwang sich auf zu höh'rem Sterne,
    Nach dem kurzen Erdentraum.

Kind der Freude, Kind des Schmerzes,
  Schau herab von lichten Höh'n,
Schweb' als Schutzgeist um die Eltern,
  Bis auf wonnig Wiederseh'n!

Und wenn unsre Zeit erfüllet,
  Sprengt zwei Gräber in's Gestein,
Rechts und links von unserm Liebling,
  Leget Vater, Mutter drein;

Wie von unserm Arm umfangen,
  Sie geruht im Leben hier,
So laßt uns im Tode ruhen —
  Holdes Kind, wir folgen dir!

Requiem.

Im Sinne der neueren Weltanschauung.

Zerbrochen ist die edle Form,
Des Lebens Kreis geschlossen;
In Staub zerfällt des Menschen Form,
Des Geistes Licht erloschen!

Es ist im großen Weltalls-Dom
Ein Sandkorn nur die Erde,
Und doch verschwindet kein Atom
Von's Weltalls Massenheerde.

Polarer Kräfte ewig Spiel
Belebt die todten Massen:
Bewegung, Formtausch, Fortschrittsziel
Die ganze Welt umfassen.

Im Weltall thront als höchste Kraft
Der große Geist, der denkt und schafft,
Der aus des Chaos finst'rer Nacht
Der Sphären Harmonie gemacht,

Und der mit sich'rer, fester Hand
Der Körper und des Geistes Welt
Durch der Naturgesetze Band
In ewiger Bewegung hält.

Die Urkraft, die erschuf das All',
Gab von des ewigen Geistes Macht
Ein Fünkchen unserm Erdenball,
Des Menschen Geist, als höchste Kraft.

Wie alle Kräfte der Natur,
Unsterblich ist des Menschen Geist,
Drum laßt den Staub der Erde nur,
Des Menschen Geist — dem Weltengeist!

Mein Kindergarten.

Ein Traum.

Es war eine lauwarme Frühlingsnacht,
Die Sterne strahlten in stiller Pracht,
Da trieb es den Vater aus dem einsamen Haus,
Zu dem „Kindergarten" im Walde hinaus;
Drei seiner Lieben sind gebettet dort,
Maiblümchen und Rosen schmücken den Ort,
Und am jüngsten Grabe der Vater fragt:
Wo im Weltall, mein Kind, dir die Sonne jetzt tagt?
Und mit Silberton, den gehört er auf Erden,
Die prophetischen Worte vernommen werden:
„In neuem Gewande auf prachtvollem Stern,
Unter glücklichen Menschen verbleibe ich gern.
Doch wenn die Erde verleidet ist dir,
So komm' ich heut' Nacht noch — vertraue mir."
Hocherfreut nach Hause sich wendet der Greis
Vertrauensvoll auf der Tochter Geheiß.
Am Morgen das Herz des Vaters war kalt;
Sein Körper ruht jetzt bei den Kindern im Wald.
Doch sein Geist ist entfloh'n — von des Kindes Hand
Geleitet in's ferne und bessere Land.

Grabes-Ruhe.

Wenn dies Herz einst aufgehört zu schlagen,
Und sein heißes Blut hat ausgeschäumt,
Wenn mein Körper liegt auf schwarzem Schragen,
Und mein müdes Hirn hat ausgeträumt;

Wenn dann auf dem weiten Erdenrunde
Keine Thräne um den Fremdling fließt,
Wenn kein Mensch bei meines Todes Kunde
In der Trauer Klagen sich ergießt:

Senkt mich in der Erde warmen Boden,
Gebt den Elementen mich zurück,
Sanfter ruhn in ihrem Schooß die Todten,
Die im Leben haßte das Geschick.

Thränen wird des Himmels Thau mir spenden,
Blumen giebt die Mutter Erde mir,
Und um Mitternacht die Winde senden
Sanfte Geisterklänge hin zu mir.

Stammbuchblatt für meinen Freund Tod.

Tyrann von Gottes Gnaden, du Wüthrich der Natur,
Zerstörung, Schlachten, Morden bezeichnen deine Spur!
Den zarten Säugling reißt du von warmer Mutterbrust,
Du sättigst an dem Greise die Kannibalenlust!
Der Jugend Blüthenknospen, des Mannes reife Kraft —
Du schleppst sie ohn' Erbarmen in deine Kerkernacht!
Noch nie hat menschlich Rühren dein Marmorherz bewegt,
Bald früher nur, bald späterhin dein Arm sie all' erschlägt!
Drum bist du mehr gefürchtet wie ein Tyrann auf Erden,
Vor dir im Staube kriechend, aus Helden Feigling' werden.
Doch Tod, ich kenn' dich besser, bist simpler Hausknecht nur,
Zu leisten nied're Dienste im Haushalt der Natur;
Und wo du niedermäheft, schickt tausend Diener Er,
Zu wecken frisches Leben, des Weltalls mächt'ger Herr.
Die Form magst du zerstören, du schlägst den Stoff nicht todt,
Und ewig spottet deiner die ew'ge Kraft, Freund Tod!

Blindheit.

Nacht, düstre Nacht umhüllt mich,
Kein Stern am Himmelszelt,
Und büstere Nacht ergießt sich
Durch meine innere Welt.

Die Sonn' ist untergangen,
Der Mond steigt nicht herauf;
Mit schwarzem Flor behangen
Ist der Gestirne Lauf.

So war es einst vor Zeiten,
Eh' diese Welt erschien,
Eh' Zeit und Raumes Weiten
Dem Chaos Form verliehn.

Und so ist jetzt mein Leben
Ein Chaos düstrer Nacht;
Die Nacht die kann nur heben
Wer Zeit und Raum gemacht.